Retold in both Spanish and English, the universally loved story *The Ugly Duckling* will delight early readers and older learners alike. The striking illustrations give a new look to this classic tale, and the bilingual text makes it perfect for both home and classroom libraries.

Relatado en español e inglés, el universalmente querido cuento de *El patito feo* deleitará a lectores jóvenes y estudiantes adultos por igual. Las llamativas ilustraciones le dan una nueva vida a este clásico cuento, y el texto bilingüe hace que este libro sea perfecto para usar en el hogar o en bibliotecas escolares.

First published in the United States in 2004 by Chronicle Books LLC.

Bilingual version supervised by SUR Editorial Group, Inc.
Book design by Alison Dacher.
Typeset in Weiss.
Manufactured in China.

Library of Congress Cataloging-in-Publication Data
Escardó i Bas, Mercé.
[Aneguet lleig. English & Spanish]
The ugly duckling = El patito feo : a bilingual book! /
adaptation by Mercé Escardó i Bas ; illustrated by Max.
p. cm.
Summary: An ugly duckling spends an unhappy year excluded
by the other animals before he grows into a beautiful swan.
ISBN-10: 0-8118-4455-2 ISBN-13: 978-0-8118-4455-0
[1. Fairy tales. 2. Spanish language materials—Bilingual.] I. Title:
Patito feo. II. Max, 1956- ill. III. Andersen, H. C. (Hans Christian),
1805-1875. Grimme ulling. IV. Title.
PZ73.E66813 2004
398.2—dc22
2003022991

20 19 18 17 16 15

Chronicle Books LLC
680 Second Street, San Francisco, California 94107

www.chroniclekids.com

THE UGLY DUCKLING

EL PATITO FEO

ADAPTATION BY MERCÈ ESCARDÓ I BAS
ILLUSTRATED BY MAX

chronicle books · san francisco

It was summer. The wheat was golden and the oats were green.

A duck was sitting on her nest. She was very tired. She had been waiting for a long time for her eggs to hatch.

Finally, the eggs started to crack open.

"Quack, quack," said the mother duck to her ducklings.

"Quack, quack," answered the ducklings, and amazed, they added, "What a big world!"

~

Era verano. El trigo estaba dorado, y la avena, verde.

Una pata estaba sentada sobre su nido. Se sentía muy cansada. ¡Hacía tanto que estaba incubando!

Finalmente los huevos empezaron a abrirse.

—Cuac, cuac —decía la pata a sus patitos.

—Cuac, cuac —respondían ellos, y añadían maravillados—: ¡Qué grande es el mundo!

When the mother duck got up, she discovered that one of the eggs hadn't hatched yet. It looked different from the rest.

"Maybe it's a turkey egg," said an old, arrogant goose. "If it is, it won't swim. I wouldn't keep it if I were you."

But the mother duck thought, "I've been waiting for such a long time that I don't mind waiting a little longer."

Finally, the last egg cracked open. The duckling popped his head out and said, "Quack, quack!"

"Oh, dear!" cried the mother duck. "What an ugly duckling!"

But when she took her ducklings to the lake, she noticed that the ugly duckling was the most graceful swimmer of all.

Al levantarse, la pata descubrió que un huevo todavía no se había roto. Era un huevo diferente a los demás.

—Será un huevo de pavo —dijo la oca más vieja del corral, con aire de superioridad—. Si es así, no nadará. Yo en tu lugar no lo incubaría.

La pata pensó: "Ya esperé mucho. No me importa esperar un poco más".

Por fin, el último patito asomó la cabeza y dijo:

—¡Cuac, cuac!

—¡Oh, no! ¡Qué feo es! —dijo al verlo la pata sin poder contenerse.

Cuando la pata llevó a todos sus patitos al lago, se dio cuenta de que el patito feo era el que nadaba con más gracia.

When they returned from the lake, the mother duck proudly took her ducklings around the farm to show them off. But all the animals frowned when they saw the last duckling.

"How big and ugly!" said the chickens, pecking at him.

"He's not pretty like the other ducklings," said the pig.

"We won't stand having him around!" said the goat.

The ugly duckling was so sad, he decided to run away.

~

La pata se dirigió orgullosa al corral para presentar sus patitos a los otros animales. Pero todos rechazaron al último patito.

—¡Qué grande y feo es! —decían las gallinas mientras lo picoteaban.

—Él no es lindo como los otros patitos —dijo el cerdo.

—Yo no quiero que se quede con nosotros —dijo la cabra.

El patito feo estaba tan triste que decidió escaparse.

Before long, the duckling reached a large pond where some geese were resting on their long journey south.

"Come with us," they said laughing. "You look so ugly that our friends will laugh when they see you."

Suddenly, a shot rang out—BANG! BANG!—and one of the geese fell dead into the water. The air was filled with the noise of barking dogs.

———

Al poco tiempo, el patito llegó a un gran estanque en el que unos patos descansaban de su largo viaje al sur.

—Ven con nosotros —le decían burlándose—. Eres tan feo que nuestros amigos se morirán de risa al verte.

En ese preciso momento se oyó un PUM PUM, y uno de los gansos cayó muerto al agua. El aire se llenó con el ruido que hacían los perros al ladrar.

The ugly duckling hid in the reeds and covered his head with his wings. Suddenly, a huge dog appeared with its tongue hanging out. The dog looked at the duckling with curiosity, then left without even touching him! The duckling was both relieved and sad.

"I'm so ugly not even the dog dares to bite me," he thought.

~

El patito feo, escondido entre los juncos y las cañas, se tapaba la cabeza con las alitas. De repente, apareció un perro enorme con la lengua afuera. Miró al patito feo con curiosidad y … ¡se fue sin tocarlo! El patito se sintió triste y aliviado al mismo tiempo.

"Soy tan feo que ni el perro se atreve a morderme", pensó.

That night, a strong wind began to blow. Looking for shelter, the ugly duckling saw a farmhouse. The lady of the farm let him stay, thinking he was a duck that would lay eggs. Her hen and cat told the duckling that they lived very well at the farm.

"Lay some eggs," said the cat, "and you can live well, too."

But the duckling missed swimming and diving into the water. He tried to explain why he was returning to the pond, but the others didn't understand.

Esa noche se levantó un viento muy fuerte. El patito feo comenzó a caminar en busca de abrigo y vio una cabaña. La mujer de la casa pensó que era una pata que pondría huevos, y dejó que se quedara. Una gallina y un gato le contaron al patito lo bien que se estaba allí.

—Si pones huevos, tú también podrás tener una buena vida —le dijo el gato.

Pero el patito echaba de menos nadar y zambullirse en el agua. Trató de explicar por qué iba a volver al estanque, pero nadie entendió.

Each day it was a little cooler. And each day there were fewer leaves on the trees.

One evening a flock of beautiful birds passed by. The birds had long necks and an unusual call. The ugly duckling watched them stretch their beautiful wings, as they flew toward warmer lands.

The ugly duckling longed to go with them.

Cada día era un poco más frío. Y cada día había menos hojas en los árboles.

Una tarde pasó una bandada de hermosos pájaros. Tenían el cuello largo y lanzaban unos gritos peculiares. El patito feo miraba cómo extendían las alas en su ruta hacia tierras más cálidas.

El patito feo sintió un deseo inmenso de ir con ellos.

The days got shorter still. Soon the ugly duckling's world was an icy white.

It was so cold that the ugly duckling had to swim in circles in the pond, paddling constantly, so the water wouldn't freeze around him. Each day, the hole he swam in got smaller and smaller.

Finally, the duckling was so tired and had so little room in the ice that he could barely move. Poor ugly duckling!

Los días se hicieron aún más cortos. El mundo del patito se volvió blanco nieve.

Hacía tanto frío que el patito feo tenía que nadar dando vueltas y vueltas en el estanque, moviendo sin cesar las patas para que el agua no se congelara. Cada día, el agujero en que nadaba era más y más pequeño.

Finalmente, llegó un punto en que el patito estaba tan cansado y tenía tan poco espacio que casi no podía moverse. ¡Pobre patito feo!

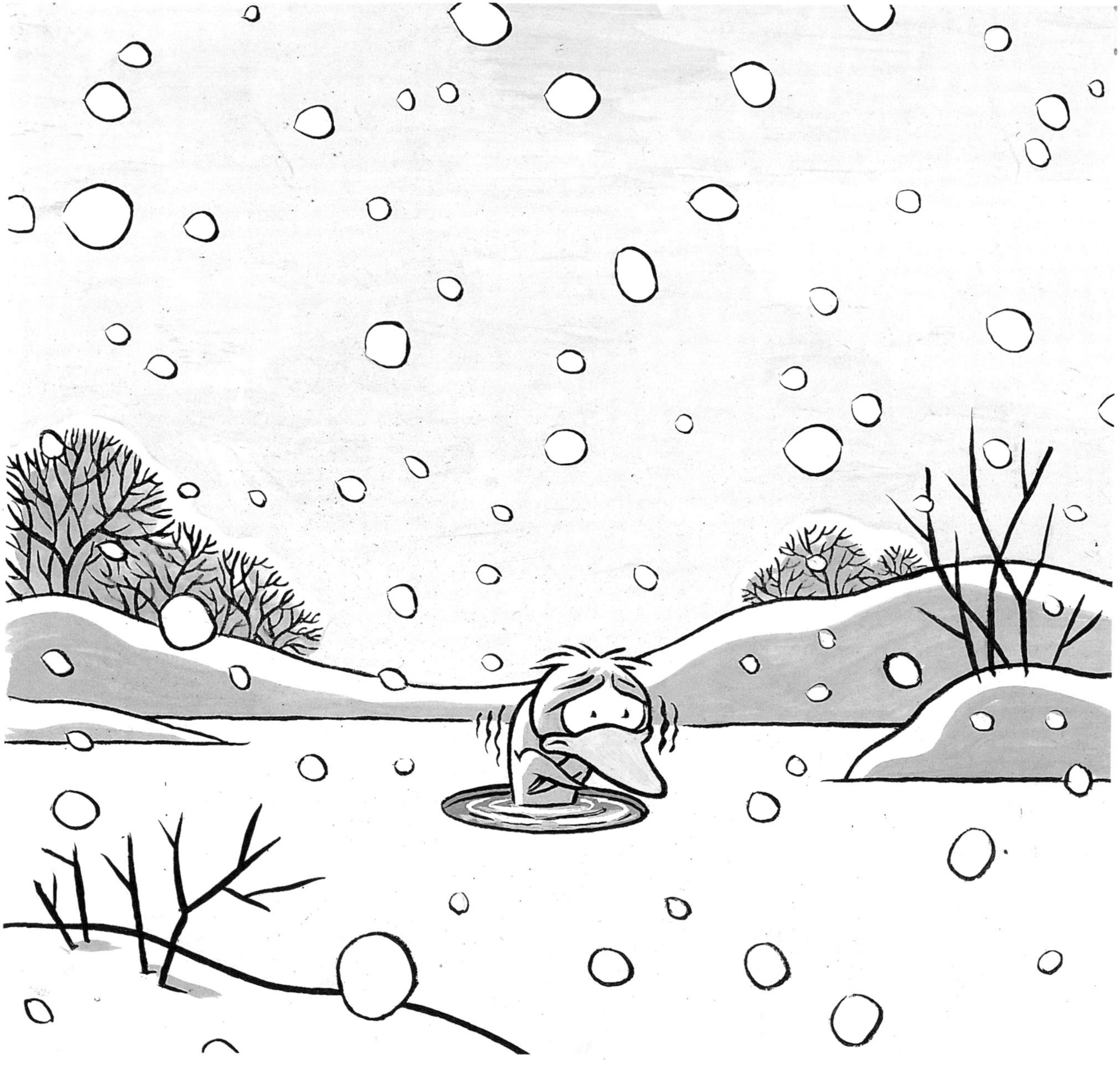

Luckily, a passing farmer broke the ice and carried the duckling home.

The duckling soon felt better, and the farmer's children wanted to play with him. But their attention scared the duckling, and while trying to get away he stepped into a milk pan. Then, he fell into a tub of butter and, after that, into a sack of flour.

"What a ruckus!" shouted the farmer's wife.

She joined the children in trying to catch him, and in the confusion, the duckling escaped and returned to the ice and the cold.

—

Por suerte, un campesino que pasaba por allí rompió el hielo y se llevó el patito a casa.

El patito se reanimó y los niños quisieron jugar con él. Pero el patito se asustó y, tratando de escapar, se metió dentro de un cántaro de leche. Luego, se cayó dentro de un barril de mantequilla y después en una bolsa de harina.

—¡Qué alboroto! —gritó la mujer del campesino.

Todos trataban de atrapar al patito que, aprovechando la confusión, logró huir. Y volvió al frío y al hielo.

After a very long winter, spring finally came. The flowers were in bloom and the air was filled with hope. The duckling flapped his wings and felt them much stronger.

At the pond, three magnificent birds swam toward him and greeted him. The duckling decided to swim toward them as well. He was afraid that they might harm him, but he also hoped that finally he might have some friends.

~

Luego de un largo invierno, finalmente llegó la primavera. Todo florecía y el aire estaba lleno de esperanzas. El patito batía las alas y las sentía más fuertes que antes.

En el estanque, tres magníficos pájaros se acercaron nadando a saludarlo. El patito decidió nadar hacia ellos. Tenía miedo de que volvieran a maltratarlo, pero también deseaba tener por fin amigos.

As the duckling entered the pond, he was very surprised by his reflection. He was no longer an ugly duckling, gray and odd looking. He was a beautiful swan!

The three swans caressed the duckling, and he remembered how miserable he felt when he was laughed at because of his ugliness.

He couldn't understand how the change happened. All he knew was that he never could have dreamed of being so happy when he was an ugly duckling!

———

Cuando se acercó al agua, el patito se sorprendió al ver su imagen reflejada. Ya no era un patito feo, gris y desgarbado. ¡Era un hermoso cisne!

Los tres cisnes comenzaron a acariciarlo, y el patito recordó qué infeliz se había sentido cuando se burlaban de él por su fealdad.

Nunca pudo comprender qué había pasado. ¡Lo que sí sabía es que nunca había soñado con ser tan feliz cuando era un patito feo!

Also in this series:

Aladdin and the Magic Lamp ✦ Beauty and the Beast ✦ Cinderella
Goldilocks and the Three Bears ✦ Hansel and Gretel ✦ The Hare and the Tortoise
Jack and the Beanstalk ✦ The Little Mermaid ✦ Little Red Riding Hood
The Musicians of Bremen ✦ The Princess and the Pea ✦ Puss in Boots
Rapunzel ✦ Rumpelstiltskin ✦ The Sleeping Beauty
The Three Little Pigs ✦ Thumbelina

También en esta serie:

Aladino y la lámpara maravillosa ✦ La bella y la bestia ✦ Cenicienta
Ricitos de Oro y los tres osos ✦ Hansel y Gretel ✦ La liebre y la tortuga
Juan y los frijoles mágicos ✦ La Sirenita ✦ Caperucita Roja ✦ Los músicos de Bremen
La princesa y el guisante ✦ El gato con botas ✦ Rapunzel ✦ Rumpelstiltskin
La bella durmiente ✦ Los tres cerditos ✦ Pulgarcita